Happy of the End 2

Ogeretsu Tanaka

Inhalt

ep.07	005
ep.08	033
ep.09	065
ep.10	091
ep.11	121
ep.12	153
Bonusstory think about Christmas	189
extra scene	193

Inhalt

ep.07	005
ep.08	033
ep.09	065
ep.10	091
ep.11	121
ep.12	153
Bonusstory think about Christmas	189
extra scene	193

NACHDEM DIE BUDE JETZT BESSER AUSSIEHT ...

... MUSS ES AUCH EIN UPGRADE BEI DEN DRINKS GEBEN!

ッ

ー×／

WWR

TEQUILA♪

TADAA

ブッ！

KRAM ...

ALTER ...

ES GIBT LEIDER KEINE SHOT-GLÄSER...

MACHEN WIR EIN TRINK-SPIEL!

HA HA HA

YEAH!

ABER EIN DOWNGRADE IN SACHEN VERNUNFT ...

！

三三 LÄCHEL

ep.07

ep.07

... DASS KEITO... MAL SPASS HATTE...

ABER... IRGENDWIE SCHÖN...

HM?

NE, NE...

KOTZ BLOSS NICHT INS TAXI, KLAR?

NJA...

WAR SELBST NOCH 'N GRÜNSCHNABEL UND KNAPP BEI KASSE.

ICH HAB IHN ALS JUNGEN KERL FÜR GELD AN MAYA VERMITTELT.

ICH...

...

... DANN WÄR KEITO... VIELLEICHT NICH SO... HACH...

HÄTT ICH DAMALS... BLOSS MAL MIT MAYA GESPROCHEN...

DU BIST BETRUNKEN.

KAJI...

W... WAS IST DAS PLÖTZ ...?
AH... UH...
MH ...
HAH ...
KRALL
ALSO IRGEND-WIE...
MH ...
MH!
... LÄUFT DAS GRADE AUS DEM RUDER ...
UH ...
Ich war dir doch nur im Weg.
Es wird alles gut, eine ngst.
CHIHIRO, DU GUCKST GERN FILME, WAS?
HM... NA JA...
... SO ZUM ZEITVERTREIB...
Danke für alles.
WOLLEN WIR MAL INS KINO?
Jetzt kann ich loslassen.

FLAPP

ZUPP

... WILL
MAN DIESEN
ANDEREN
DANN NICH
AM LIEBSTEN
UMBRINGEN?"

... UND
ES EINEM
ANDERN
GANZ
EINFACH IN
DEN SCHOSS
FÄLLT...

»WENN MAN
WAS WILL,
ABER NICH
HABEN
KANN...

JA, KANN MAN WOHL SAGEN!

ICH WAR NEULICH UNMÖGLICH BEI EUCH...

HE... HE...

IHR KÖNNT GLEICH WIEDER GEHEN...

NIMM DIR EIN BEISPIEL AN CHIHIRO, DER IST NICHT SO FRECH!

WERD MIR DIE WAMPE VOLLSCHLAGEN!

DASS DU MAL EINLÄDST IST NEU, KAJI.

HA!

LANG NICHT GESEHEN...

HEY!

HIER BIN ICH!

WIE WÄR'S MIT DATING-APPS ODER KUPPEL-PARTYS?

HA HA!

JA, NOTGEDRUNGEN... SEIT MEINE FREUNDIN MICH VERLASSEN HAT...

HAST DU PLÖTZLICH SO VIEL ZEIT?

DU GEHST NEUERDINGS OFT WAS TRINKEN, KAJI.

DU, CHIHIRO? UND AUF WELCHER SEITE WÜRDEST DU SITZEN?

BEI DEN JUNGS ODER BEI DEN MÄDELS?

SOLL ICH FÜR DICH HINGEHEN?

HA HA HA

ACH WAS!

KUPPEL-PARTYS? AUS DEM ALTER BIN ICH RAUS, KEI...

...

HM?

NOCH MAL CHILI-SHRIMPS UND SHAOXING-WEIN!

HERR OBER ...!

WAS MEINTEST DU DA GRADE?

ABER SCHON IRRE, WAS?

DIESE ENTEN-FÜSSE...

NA JA, DIE ENTENFÜSSE WAREN...

HACH... BIN ECHT VOLLGE-FRESSEN...

ACH, DAS MEINST DU...

DAVON RED ICH NICHT, DU IDIOT!

DAS MIT DER WILDEN EHE...!

FRAG NICHT NACH, WENN DU'S EH KAPIERT HAST!

HAH... DU NERVST ...

HEISST DAS, WIR SIND ZUSAMMEN...?

ICH MAG DICH. LASS UNS ZUSAMMEN SEIN.

ZUFRIE-DEN?

HM?

JAJA, SCHON GUT...

ICH BRAUCH ABER DIE BESTÄTIGUNG, DU IDIOT.

JA, SEHR GERN...

UAH!

DOMP

HAB ICH DOCH GRADE GESAGT...

DU BRAUCHST ...

... EINE BESTÄTIGUNG...

MH...

UH...

MH...

...

SCHAA

SCHAA

MAYA-SAN
...!

ep.08

IST ECHT NICHT NÖTIG...

ICH ZAHLE!

WEISS ICH DOCH.

ICH HAB NICHT DAS GELD FÜR SOLCHE LÄDEN.

JA, ABER TROTZDEM EIN MIESER JOB, STIMMT'S?

VERDIENST DU ALS SCOUT SO VIEL KOHLE?

ER SELBST TRÄGT AUCH ÖFTER TEURES ZEUG...

HEY! WARTE!

NICHT REINGEHEN!

TAPP

TAPP

HA HA HA...

TRÄGST DU MIR DAS IMMER NOCH NACH?

HAOREN HAT AUCH GANZ SCHÖN SCHRÄGE SEITEN.
LOS, KOMM SCHON!
ICH HAB DAS GEFÜHL...
... IHN BESSER KENNENZULERNEN.
JA...
Mamaemon! Wieso hast du ausgerechnet jetzt kein Werkzeug dabei?!
Deine Schuld! Du hast alles kaputtgemacht!

So wird die Erde noch untergehen...!

AUA....!

ZIEP

...

...

WUPP プイ—

ICH HAB NICH GEPENNT! HATTE NUR DIE AUGEN ZU!

EHRLICH!

...

!

...

WUPP キュ

WUPP

SABBER

RED KEINEN QUATSCH!
UND ÜBERHAUPT! WAS HEISST HIER „ALSO DOCH"?!
HE…
KOMM SCHON …
MAN KANN AUCH EIN DATE OHNE KINO HABEN.
WAS WÜRDEST DU NÄCHSTES MAL GERN MACHEN?
DAS ÜBERLASS ICH DIR.
MIR IST ALLES RECHT.
!
HM? KEITO?
TAPP
PRIVAT UNTERWEGS? EINE SELTENHEIT!
JA, HAB ICH…
DU HAST ALSO AUCH MÄNNLICHE FREUNDE!
HEY, GUCK MAL! HAT MIR DER SUGARDADDY GEKAUFT, DEN DU MIR VERMITTELT HAST!
EEH…
WIE SCHÖN! STEHT DIR SUPER!
FINDEST DU? DAS FREUT MICH!

JAJA...

ICH WILL IN EIN LOKAL IN GINZA*!

DU KENNST MICH ZU GUT!

SUSHI, WIE IMMER?

HEY, FÜHR MICH MAL WIEDER ZUM ESSEN AUS!

SCHMIEG

* Teures Einkaufsviertel in Tokio.

SORRY ...

WER WAR DAS?

ALSO BIS DANN!

DEIN FREUND KANN AUCH MITKOMMEN!

ACH SO...

EINE MEINER KUNDIN- NEN.

WAS DENN? BIST DU EIFER- SÜCHTIG?

ES...

EH...?

ECHT JETZT?

... MACHT DIR ALSO NICHTS AUS, IN DER ÖFFENTLICHKEIT SO VIEL NÄHE ZU ZEIGEN...

MIT MIR ZEIGST DU DICH DRAUSSEN NIE SO VERTRAUT ...

JA, WAR ES.

NÄHE? WAR ES DAS...?

N...

HM?

M... MIT MIR...

ICH WAR NUR NEIDISCH...

NA JA, ALSO...

WARUM NICHT?

...

OB WIR JETZT FÜR ANDERE SEHR VERTRAUT WIRKEN?

JA, WAHR-SCHEIN-LICH...

H... HALT'S MAUL!

DEINE HÄNDE SCHWIT-ZEN!

SEINE... SCHLAN-KEN FINGER...

WAS DENN... JETZT PLÖTZ-LICH...?

DOCH.

SO NAH AN ZU HAUSE SOLLTEN WIR DAS BESSER NICHT MACHEN, ODER?

WENN DU DAS SCHON SELBST SAGST...

GRÜBEL

GRÜBEL

UND ES STIMMT... ICH WAR IMMER PLEITE.

ICH WÜRD IHM GERN WAS NETTES KAUFEN UND ZU IHM GEHEN, ABER...

... HAB ICH DIE MIESESTEN SACHEN ZU IHM GESAGT.

WIE VIEL BARGELD HAB ICH?

DAS WAR'S WOHL... OBWOHL ICH ES GAR NICHT WOLLTE...

WOW! SIEHT GUT AUS!

LOS! KOMM SCHON!

AAAAH....!

KLONK

2. Stock Nichtraucher

Pachinko

Eingang

AH...

ICH KÖNNTE ES VERMEHREN...

LINS

VON WEGEN VERMEHREN... JETZT IST ALLES WEG...

DRÖPP

HAT'S BIS ZUR SPERRSTUNDE VERSUCHT...

...

ICH GEH NACH HAUSE...

NA JA... VIELLEICHT IST HAAREN JETZT AUCH WIEDER KLARER IM KOPF...

HAH...

PAFF

SCHON PEINLICH...

...

KLACK

HAH...

BIN WIEDER DA...

ACH!

DU WOLLTEST MICH DOCH...

PATT

... VÖGELN, ODER?

LÄCHEL

EH?

HAH ...

NUR ZU!

SO WAR DAS NICHT GEMEINT...

ICH BIN SICHER...

... ES GIBT NOCH VIELE SEITEN AN DIR, DIE ICH NICHT KENNE...

... ABER ...

SCHMATZ

ÄUSSERLICH
BETRACHTET
DAS GLEICHE
BILD...

ep.09

 ... DIE KÜNSTLER, DIE ES GEMALT HABEN, SIND VERSCHIEDENE MENSCHEN.

 ... ABER TATSACHE IST...

PAPIER, PINSEL UND MALER SIND JEWEILS ANDERE...

... UND DOCH SEHEN DIE BILDER FÜR DEN BETRACHTER GLEICH AUS.

... ETWAS UNENDLICH WICHTIGES...

DIESE „VERSCHIEDENHEIT" HATTE FÜR MICH...

... ETWAS ENTSCHEIDENDES...

ep.09

LASS UNS GEHEN, CHIHIRO.

O... OKAY...

ECHT WIDER-LICHER KERL...

ACH NEIN?

PAH!

H... HATTE ICH AUCH NICHT ERWARTET!

NUR WEIL WIR IM LOVEHOTEL SIND... BIN DOCH KEIN NOTGEILER TEENIE...

DOCH, BIN ICH!

SORRY...

JA...

LASS UNS ERST MAL DUSCHEN UND DANN SCHLAFEN.

„DU UND ICH, HAYATO... WIR SIND UNS ÄHNLICH."

ICH BIN JETZT...

... ANDERS...

HMM...

TJA, DER LADEN GESTERN WAR EINFACH DER BESTE.

DIE SPAGHETTI WAREN NICHT SO TOLL...

FÜR ZIMMER-SERVICE IM LOVEHOTEL WAR DAS ESSEN ABER NICHT ÜBEL.

ICH WEISS ...

STIMMT ...

Happy of
the End

ep.10

HALTEN INSEKTEN EIGENTLICH WINTERSCHLAF?

DENKE SCHON.

ABENDS SAMMELN SICH DIE INSEKTEN UM ELEKTRISCHES LICHT.

OFFENBAR DESHALB, WEIL SIE VOM ULTRAVIOLETTEN LICHT DER LAMPEN ANGEZOGEN WERDEN, DAS FÜR DAS MENSCHLICHE AUGE UNSICHTBAR IST.

DER HÄLT JA LANGE DURCH.

DA IST ABER NOCH EINER.

VIEL-LEICHT SIEHT DER JA DEN ORION...

WOHER KENNST DU DEN ORION?

RED KEINEN QUATSCH!

AUS 'NEM ALTEN SCHULBUCH. ER IST EIN STERNBILD IM WINTER.

WAS ...?

DAS IST MIR JA GANZ NEU.

DASS IN DIR EIN ROMANTIKER STECKT, DER SICH FÜR STERNBILDER INTERESSIERT.

HAST DU EIN PROBLEM DAMIT?

INSEKTEN KÖNNEN NÄMLICH NACHTS NUR LICHT SEHEN UND SONST NICHTS.

DESHALB SUCHEN SIE SCHUTZ BEI JEDER LAMPE, DIE SICH BIETET.

HE...

ep.10

Anmerkung der Redaktion: Triggerwarnung: Szenen mit physischer und psychischer Gewalt, sowie Drogenkonsum auf den folgenden Seiten bis Seite 108.

SCHAAAA...

Jetzt lass dieses...

NA JA, ICH KÖNNTE...

... dumme Katz-und-Maus-Spiel.

Wie willst du dann deinen Job machen?

MUSS AUCH NICHT SEHR ZENTRAL SEIN.

ICH BITTE DICH, MATSU-KI... MIR IST JEDE BUDE RECHT.

Du kannst vor der Vergangenheit nicht fliehen.

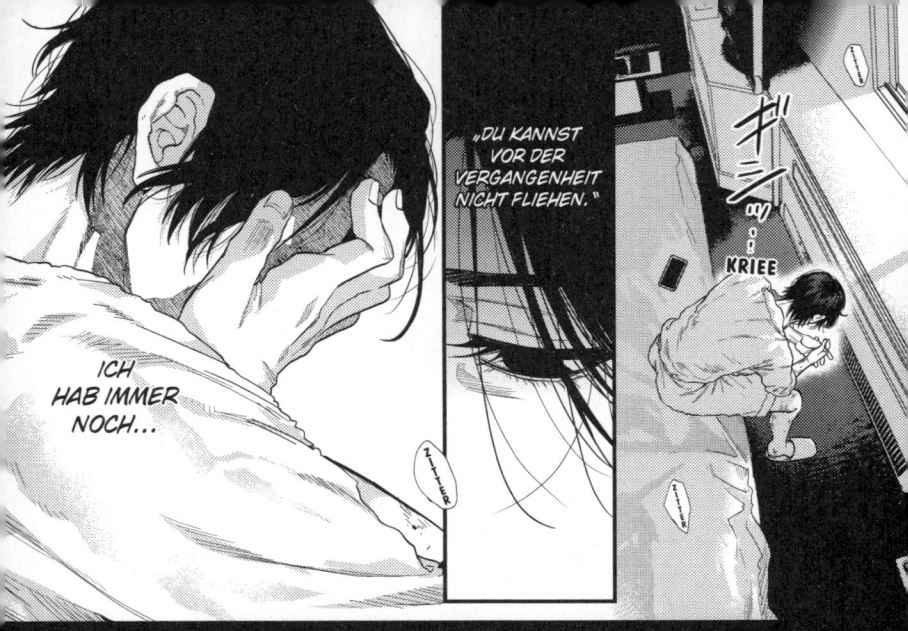

„DU KANNST
VOR DER
VERGANGENHEIT
NICHT FLIEHEN."

KRIEE

ICH
HAB IMMER
NOCH...

ZITTER

ZITTER

BESTIMMT...   SEIT DAMALS   ... ANGST
                   UNUNTERBROCHEN...   VOR MAYA...

... WERDE
ICH DIESE
ANGST
NIEMALS
LOS.

ZITTER

DESHALB
FÜRCHTE ICH IHN
UMSO MEHR...

ZITTER

DAS MUSS DICH VERDAMMT WÜTEND MACHEN, WAS?

WUPP ひょい。

ICH SEH MIR NUR DIE LEUTE AN...

KLACK ガ天ャ

WO STARRST DU HIN?

ZUHAUSE, FAMILIE UND SO...

FAST ALLE AUSSER DIR HABEN DAS, EINFACH SO...

DU UND ICH, HAYATO... WIR SIND UNS ÄHNLICH.

DAMALS WAR MEINE WELT...

'NE SCHICKSALSGE-MEINSCHAFT? KLINGT AUCH DOOF UND TRIFFT'S NICH GANZ...

SO WAS WIE SEELENVER-WANDTE...? NEE, KLINGT SO ALTMODISCH! HA HA...

WIR SIND FAST SCHON 'NE EINHEIT, WAS?

... NOCH VIEL KLEINER, ALS DER KOFFER IN DEN ER MICH SPERRTE.

EINE EINHEIT EBEN – DAMIT KANN MAN UNS GANZ GUT BESCHREIBEN.

OBWOHL ES VIELE GELE-GENHEITEN ZUR FLUCHT GEGEBEN HÄTTE...

... TAT ICH, ALS WÜRDE ICH SIE NICHT BEMERKEN.

DANN WÄRE ICH FREI GEWESEN.

ICH HOFFTE, ICH STERBE.

ICH HÄTTE JEDERZEIT STERBEN KÖNNEN.

... ABER LETZT-ENDLICH KONNTE ICH...

SOLCHE GEDANKEN HATTE ICH ZWAR...

NEIN, ALLES OKAY... JA, IRGENDWANN NÄCHSTE WOCHE...

ABER GERN! JA, HAYATO... HM?

NEIN, NEIN... G... GUT, IN ORDNUNG...

KANNST IHN RUHIG KALTMACHEN – KLEINER SCHERZ!

ER IS NOCH ETWAS LÄDIERT...

... DIE HOFFNUNG DOCH NICHT GANZ AUF-GEBEN...

AH, HALLO MORI-SAN!

DAS KONNTE ICH NICHT...

VIELLEICHT DESHALB...

... WEIL ICH NOCH KEIN EINZIGES MAL WIRKLICH GELEBT HATTE...

WIE LÄUFT ES MIT DER WOHNUNGS-SUCHE?

DAS IST
SCHON
LÄNGST
DER
FALL...

AH, STIMMT...

CHIHIRO... PASS AUF, WO DU HINLÄUFST!

IN DIE STERNE...

SIND DOCH KAUM WELCHE ZU SEHEN. IST ES WIEDER ORION...?

WO GUCKST DU DENN HIN?

DEN WÜRD ICH NICHT MAL ERKENNEN, WENN IHN MIR JEMAND ZEIGEN WÜRDE.
HA HA... DACHT ICH MIR...
ABER DIE NACHT IST HIER AUCH ZIEMLICH HELL.
IN SHINJUKU IST ES NACHTS HELLER ALS AM TAG.
JA...
IN WAHRHEIT KÖNNEN WIR DIE STERNE NICHT SEHEN...
... WEIL DAS LICHT HIER SIE VERDECKT.

* Line-ID = Äquivalent zur Handynummer

ep.11

HÄ?!

EIN SCHUL-MÄDCHEN? IN DICH VER-KNALLT?!

NA JA, SICHER BIN ICH NICHT... ABER SIEHT SO AUS...

WENN DU WAS MIT IHR ANFÄNGST, BRING ICH DICH UM.

ELICH BEIDE!

KRANK? WEN MEINST DU DAMIT?! ETWA MICH?!

AHA HA HA HA! ECHT KRANK!

WIE... WIE KÖNNTE ICH...?

ACH, RICHTIG... DAS HIER HAB ICH AUF DEM HEIMWEG GEKAUFT...

GUL KRAM

?

UAH!

KISS

EKELHAFT! LASS MICH!

KISS

ICH HAB DOCH SCHON MEINE PRINZESSIN, NÄMLICH DICH!

KISS

ES IST WINTER.

JA! LASS UNS WAS ANPFLANZEN!

TROTZDEM! IRGEND-WIE... SIEHT DIE-SER RAUM TROSTLOS AUS...

TRIST & KAHL

WIR ZIEHEN DOCH BALD UM. HALT NOCH EIN BISSCHEN DURCH.

JA, SCHON KLAR, ABER ...

EIN BLUMEN-TOPF?

HM? JA... STIMMT...

KAJI... WIR HABEN BALD WEIH-NACHTEN...

WOHER SOLL ICH DAS WISSEN, DU IDIOT?!

WEISST DU, WAS KEITO SICH WÜNSCHEN KÖNNTE?

PING

PING

2 neue Nachrichten

!

KEINE AHNUNG, WAS ER GERNE HÄTTE...

HM...

EIN GE-SCHENK...

WA...?

HM? MEIN BOSS...?

Hallo Kashiwagi, könntest du am 24. Dezember (Weihnachtsabend) die volle Schicht übernehmen? 23:55

Tut mir leid! 23:55

NICHT IM ERNST...

TUT MIR ECHT LEID, ABER...

... ICH MUSS AM WEIHNACHTS-ABEND ARBEITEN...

?

HAOREN ...

SEIT GESTERN BIST DU ECHT HANDZAHM.

GEHT KLAR? ECHT JETZT?

GEHT KLAR.

NA JA, NUR WEGEN WEIHNACHTEN ...

DOCH, DOCH! DAS IST NORMAL!

KEINE AHNUNG.

HM? TUT MAN DOCH, ODER? ETWA NICHT?

HÄ? AM WEIHNACHTS-ABEND GEHT MAN DOCH AUF EIN DATE...

...

HM?

NA JA, WAS MICH ANGEHT ...

ACH,
VERGISS
ES...

Happy Christmas Eve

ZUPP

WAS
SOLL
ICH
TUN...?

HACH...
MIST...

ICH
MUSS AM
WEIHNACHTS-
ABEND
ARBEITEN...
UND EIN
GESCHENK
HAB ICH AUCH
NICHT...

BURBERRY

Chris
Eve

AH!

IRKS

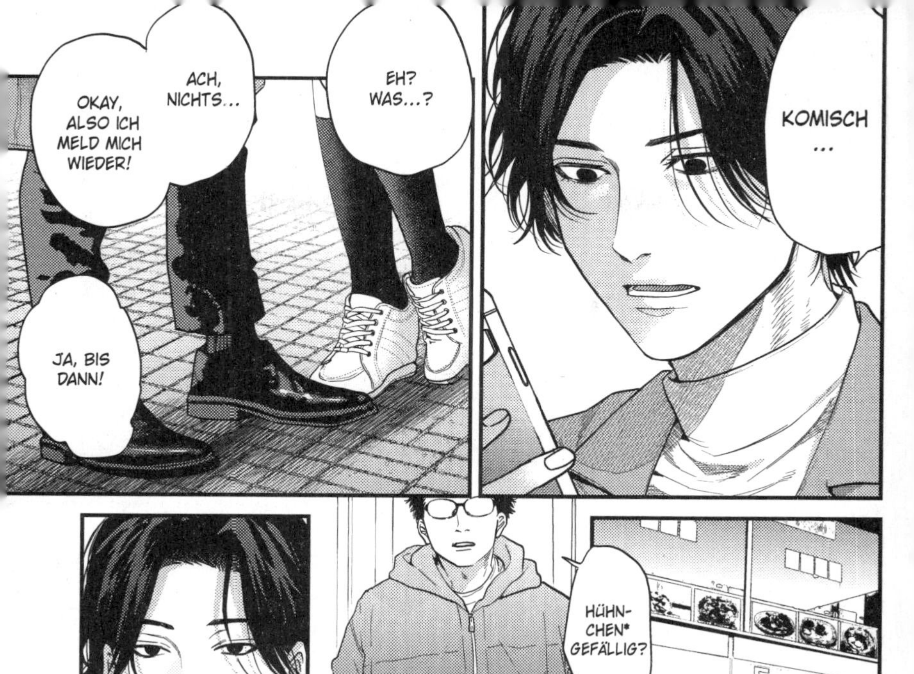

* Gilt in Japan als „Weihnachtsessen“.

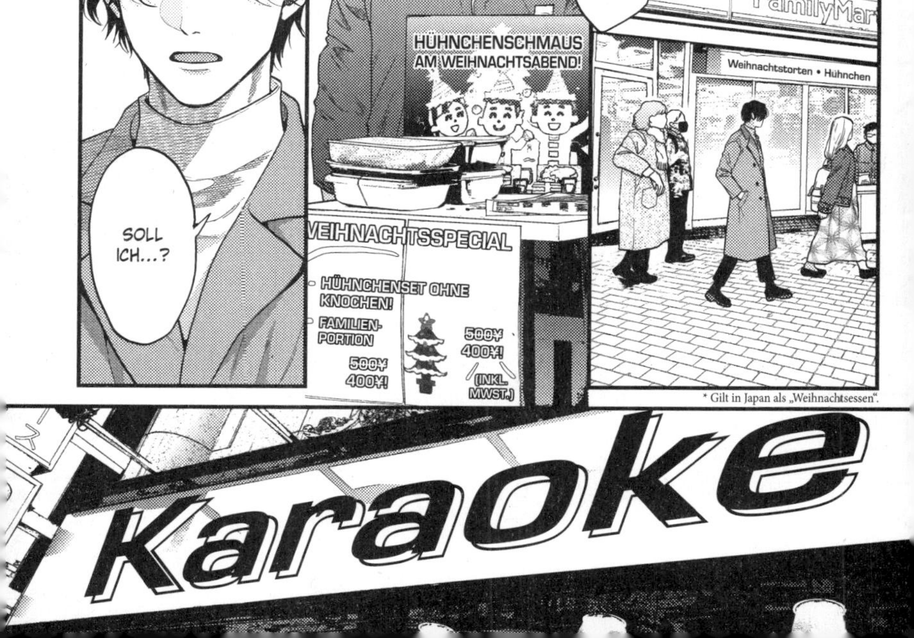

DU HAST MICH DOCH HERBESTELLT.

ACH, DU BIST TATSÄCHLICH GEKOMMEN.

HI...

SAGST JA EHER SELTEN, DASS ICH DICH ABHOLEN SOLL.

ICH BEI LAWSON* ...

ICH WAR BEI FAMILYMART* ...

ÄHM...

AH ...?!

HM?

WOLLEN WIR AUCH NOCH ZU 7-ELEVEN?

DAS DA...

GUTE IDEE!

TSCHILP
TSCHILP
TSCHILP

* Convenience-Store-Ketten in Japan.

SHIT!
ZAHN-
KOLLISION!
HA HA
HA...

DU BIST
ECHT EIN
LAUSIGER
KÜSSER!

AUA
...!

KISS

WUAH
...!

ZUPP

DANKE
FÜR DAS
GESCHENK!

NA JA...
WENN
DU SO
PLÖTZ-
LICH...

KEIN
GRUND,
SO ZU
SCHREIEN
...

WEIHNACHTEN
IST EBEN
WEIHNACHTEN
...

JA.

UND AN
NEUJAHR
BESUCHEN WIR
ZUSAMMEN
DEN SCHREIN*,
OKAY?

JA...

* Neujahrsbrauch in Japan.

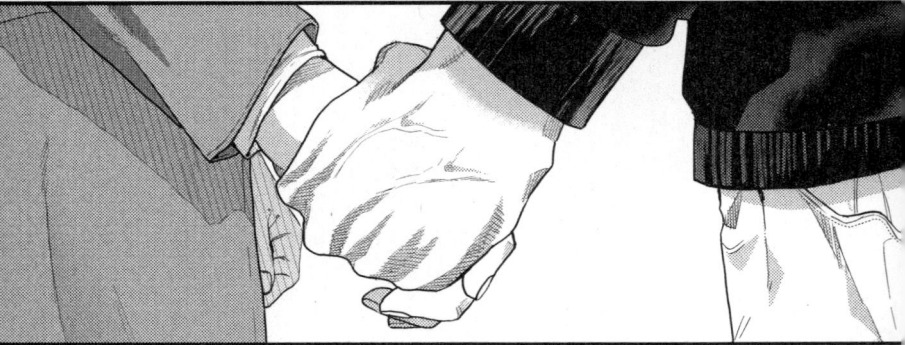

ep. 12

ECHT ZUM
KOTZEN...

SOLLEN SIE DOCH ALLE KREPIEREN, DIESE TYPEN MIT
IHREN STINKNORMALEN LEBEN.

ODER ALL DAS PECH HABEN, DAS ICH HATTE... ICH WEISS,
WIE HART SO EIN LEBEN FÜR SIE WÄR...

IST DOCH SO, ODER?

BIST DU NICH WÜTEND?

WIESO NICH?

NIE WAR JEMAND NETT ZU DIR.

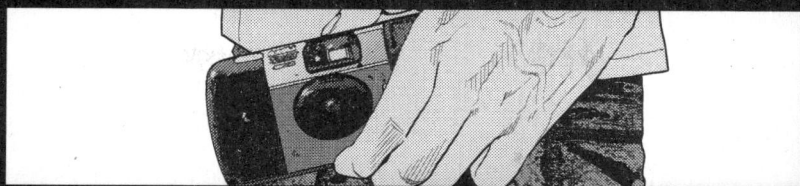

NIE WURDEST DU VON JEMANDEM GELIEBT.

DU WILLST STERBEN, ABER DU LEBST.

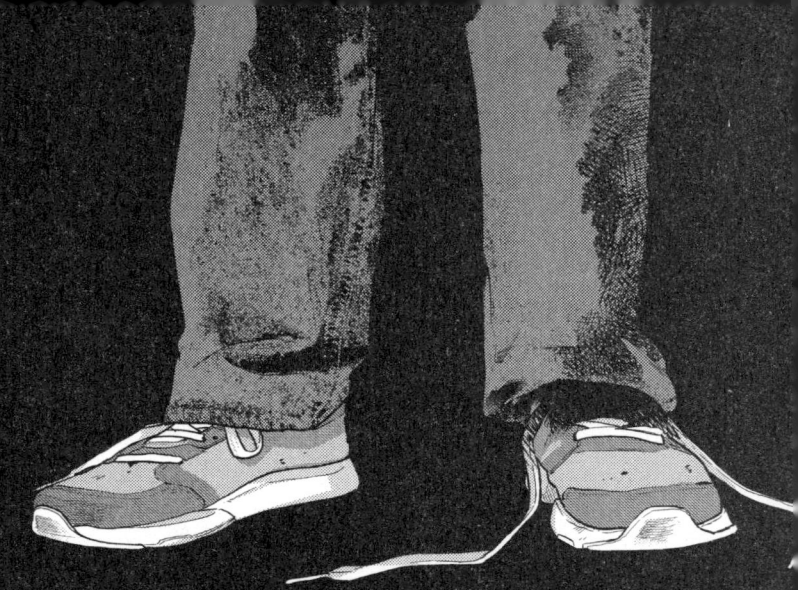

DAS IST
DOCH NICH
FAIR...

ep.12

DU ZEIGST DICH NEUERDINGS RICHTIG MENSCHLICH...
BIN JA AUCH EIN MENSCH.
WAS DU NICHT SAGST! WUSST ICH GAR NICHT...
ABER BEHALT ES FÜR DICH, JA?
ICH BIN DAVON NICHT GRADE BEGEISTERT...
SST
DABEI BIST DU VON NATUR AUS SO SCHÖN...
WARUM NUR...?
HAH ...

NICHT DASS ICH JE SO EIN FESTESSEN PROBIERT HÄTTE...

REISOMELETT IST MEGA ALS NEUJAHRSFESTESSEN!

MACHST DU WITZE?

PUH... WAR SUPERLECKER! AB JETZT NUR NOCH REISOMELETT ZU NEUJAHR!

Donnergott!

HA HA

OH!

ENDLICH DAS MATCH, DAS ICH SEHEN WOLLTE!

WUPP

...

!

HACH... DARAUF FREU ICH MICH SCHON DIE GANZE ZEIT!

TU ICH JA GAR NICHT...

STÖR MICH JETZT NICHT!

HEY... KOMM SCHON! ICH HAB MICH SO DRAUF GEFREUT!

QUATSCH...

GNNNN

HEY! LASS DAS!

UM WRESTLING ZU SEHEN, HAB ICH EXTRA DIE GLOTZE GEKAUFT!

SCHLUCK

BITTE...
FICK
MICH...

WERD
ICH
ABER
...

EH
...?

NIMM
MIR DAS
SPÄTER
ABER
NICHT
ÜBEL,
KLAR? ♥

GUT, DANN
BESORG ICH'S
DIR SO GUT,
DASS DU
MIR NICHTS
ÜBELNEHMEN
KANNST...
♥

Happy New Year…!

FROHES NEUES JAHR...

FROHES ... NEUES ...

...

... AUF EIN GUTES JAHR FÜR UNS...

ICH HOFFE...

HE... HE HE...

KANN MAN WOHL SAGEN ...

PFF...

HA HA HA... WAS FÜR EIN TOLLER RUTSCH!

JA... ICH AUCH...

PUH! ZIEMLICHER ANDRANG!

HOL MIR TAIYAKI*!

* Gefüllte Waffeln in Fischform.

BIN ICH DEIN LAUFBURSCHE?

* Taiyaki.

ICH GEH JA SCHON...

DEINET-WEGEN HAB ICH DONNER-GOTT VER-SÄUMT...

ACH, ABER ICH HÄTTE AUCH LUST AUF SCHOKO!

GRMPF

KANNST AUCH ZWEI NEHMEN.

WIR KÖNNEN UNS DOCH ZUSAMMEN ANSTEL-LEN.

WIESO MUSS ICH EIGENT-LICH GEHEN?

ECHT?

ICH NEHM BOHNEN-PASTE.

NEHM ICH VANIL-LECREME ODER BOHNEN-PASTE?

PATSCH

PATSCH

EIN AUGEN-BLICK...

... IST SCHÖNER ALS DER ANDERE. ES MACHT MIR FAST ANGST...

WOFÜR...

... KÖNNTE ICH DARÜBER HINAUS NOCH BETEN?

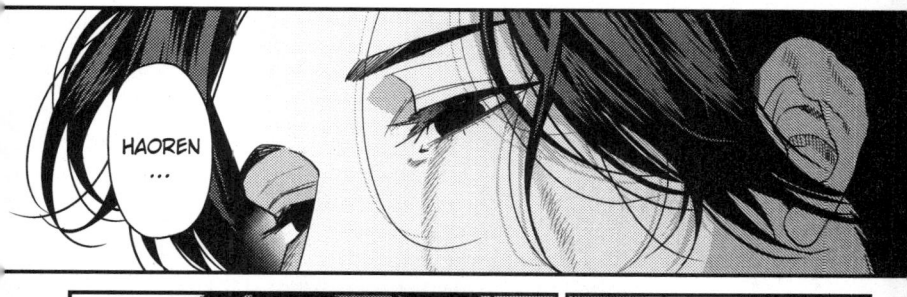

HAOREN
...

TJA...

WO MÖCHTEST DU GERN HIN?

WOLLEN WIR IM FRÜHLING VERREISEN? MACHEN WIR EINEN URLAUB.

WAS IST?

IM MOMENT... NIRGENDWOHIN...

WO ICH HINMÖCHTE...

ゆ・・・
SST

ABER...

... ICH DENK DRÜBER NACH...

EH...?

JA...

ZU MIR IST ES ZU FUSS ZIEMLICH WEIT...

... UND ICH WOHNE MIT MEINEM FREUND ZUSAMMEN.

... STEHE ...

I...

ICH VER...

UAH! ENTSCHUL-DIGUNG!

MÖÖP

MÖÖP

ÄHM...

SSST

Fortsetzung folgt

Happy of
the End

AN WEIHNACHTEN UND NEUJAHR SIND DIE STRASSEN VOLLER MENSCHEN, OBWOHL ES EIGENTLICH NICHTS ZU TUN GIBT.

Bonusstory
think about Christmas

ICH MUSS TORTE UND HÜHNCHEN BESORGEN.

ES IST WEIHNACHTEN.

DIE KINDER WERDEN SICH FREUEN.

WIESO? NA, WEIL WEIHNACHTEN IST.

WIESO?

HM...

DER ANLASS IST WOHL DOCH NICHT SO UNWICHTIG...

TORTE UND HÜHNCHEN KANN MAN DOCH AUCH ESSEN, WENN NICHT WEIHNACHTEN IST.

DER ANLASS IST DOCH VÖLLIG UNWICHTIG.

UM TORTE UND HÜHNCHEN ZU ESSEN.

EH? DER ANLASS WOFÜR?

WARUM NICHT HAMBURGER UND TEMPURA?

PFF...

HA... HA HA...

GUTE FRAGE...

WIESO ISST MAN EIGENTLICH AN WEIHNACHTEN TORTE UND HÜHNCHEN?

STIMMT...

FINDEST DU?

WÄR DOCH AUCH NICHT ÜBEL!

JA...

OKAY, DANN BLEIBEN WIR BEI TORTE UND HÜHNCHEN.

WIR WÜRDEN UNS DEN MAGEN VERDERBEN!

MIT HAMBURGER UND TEMPURA?

DANN KÖNNTEN WIR DIE TRADITION JA NÄCHSTES JAHR BRECHEN.

WAS, ACH?

ACH!

MUSS ICH DA ETWA AUCH MITKOMMEN?

ICH HAB VERGESSEN, GUMMIS ZU KAUFEN.

GEHÖRT WOHL EINFACH ZU WEIHNACHTEN.

JA.

ÄHM...

WAR DAS SEIN FREUND? ODER EIN KUNDE?

MIT CHIHIRO, NEHM ICH AN...

ACH JA?

NA JA...

EHER SEIN FREUND...

IN EINEM GEWISSEN CLUB...

ICH HAB KEITO NEULICH AM FRÜHEN MORGEN HAND IN HAND MIT EINEM MANN GESEHEN.

WAS HEISST DAS ÜBERHAUPT?

ÄH, KEINE AHNUNG...

IST KEITO BEIM SEX DER SEME ODER DER UKE*, WAS MEINST DU?

DESHALB HAT ER ALSO AN FRAUEN NIE INTERESSE GEZEIGT...

*Seme = Top, Uke = Bottom.

WAH...

KEIN BISSCHEN!

EH? BIST DU NICHT NEUGIERIG?!

NEIN! NATÜRLICH NICHT!

NA JA, DER EINE PENETRIERT, DER ANDERE WIRD PENETRIERT.

MIR DOCH VÖLLIG SCHNUPPE, WELCHEN PART KEITO BEIM SEX ÜBERNIMMT.

HAST DU ALS ENGER FREUND IHN NIE GEFRAGT?

www.egmont-manga.de
Unsere Bücher findest du im
Buch- und Fachhandel und auf

www.egmont-shop.de

„Happy of the End 02" von Ogeretsu Tanaka
Aus dem Japanischen von Monika Hammond
Originaltitel: „Happy of the End" vol. 02

Originalausgabe:
HAPPY OF THE END vol. 02
© OGERETSU TANAKA
Originally published in Japan in 2022 by
TAKESHOBO CO., LTD., Tokyo.
German translation rights arranged with
TAKESHOBO CO., LTD., Tokyo,
through TOHAN CORPORATION, Tokyo.

Deutschsprachige Ausgabe erschienen bei
© 2023 Egmont Manga verlegt durch
Egmont Verlagsgesellschaften mbH,
Ritterstraße 26, 10969 Berlin

1. Auflage 2023

Verantwortliche Redakteurin: Luisa Steinhäuser
Textbearbeitung: Katrin Aust
Gestaltung: Esther Strunck
Koordination: Angelika Schönhuber
Printed in the EU
ISBN 978-3-7555-0065-0

Die Egmont Verlagsgesellschaften gehören als Teil der Egmont-Gruppe zur
Egmont Foundation – einer gemeinnützigen Stiftung, deren Ziel es ist, die sozialen,
kulturellen und gesundheitlichen Lebensumstände von Kindern und Jugendlichen zu
verbeßern. Weitere ausführliche Informationen zur Egmont Foundation unter
www.egmont.com

SUTOPPU!

**Koko wa kono manga no owari dayo.
Hantaigawa kara yomihajimete ne!
Dewa omatase shimashita!
Tanoshii hitotoki wo dozo!**

Egmont-Manga-Chiimu

STOPP!

**Das ist der Schluss des Mangas.
Fangt bitte am anderen Ende an!
Und nun genug der Vorrede,
viel Spaß beim Lesen!**

Euer Egmont-Manga-Team